KB261082

만물상 바람개비

만물상 바람개비

정정용 시집

동학사

　금강을 보기 위해 아득한 눈길로 먼 산 바라 섰습니다. 달아난 산은 커다란 꽃으로 우리 앞에 벙글어집니다.

　등산로와 계곡을 들락거리며 이 날까지 금강을 찾는 다람쥐의 발걸음이 어린 시절의 낭만과 호기심을 떠올리게 합니다.

　얼어붙은 계류를 걸어 들어간 느낌은 각별합니다. 정지된 시간 속에 놓인 우리들의 유토피아 금강, 과거와 현재가 뒤섞인 간절한 허공입니다. 여기에다 내 모든 것을 묻고 싶습니다. 꽃피우고 싶습니다. 죽음 뒤에 사리처럼 영글고 싶습니다.

　지난 시간은 나를 붙잡고 지나간 시간 말고 미지의 시간을 오르라 채근댑니다. 얼어붙은 만물상 계곡이 방황하는 나를 말없이 내려다보고 있습니다.

　이 곳에서 저는 한세월 내 영혼의 바람개비를 돌리며 희망의 물레에서 민족의 오르가즘을 뽑으려 합니다.

2005년 3월
금강에 별을 새기며 정정용

만물상 바람개비

차례

2. 구룡연 앞에서

만물상 바람개비

만물상 바람개비

자유 그 줄기를 따라 섶 짓는 내 목숨
불 밝혀 망루를 세워 설레임을 감았네
숨죽인 눈물의 달팽이 산천초목에 오르네

하늘 보고 눈을 뜨면 굽 높인 바람소리
층층이 피어오르던 햇살 비켜 출렁이고
강물이 산마루 넘어와 바람개비를 돌린다

손바닥 덮어 누른 만 리 밖 그대 산문(山門)
꽃물 든 무한천공이 갈망처럼 익어서
허물린 세월의 노래 개벽할 듯 새싹 내네

뜨겁고 차가운 것 하늘을 다시 날고
만월이 은은히도 축등인 양 켜질 때
과묵한 바람개비에 물소리가 득도했어.

온정리(溫亭里) 주변

흐린 눈 자꾸 비비는 외금강 온정리 길

맑은 그 온천 기운 마을을 가로질러

푸른 숲 숨은 노래에 몸 섞으며 가고 간다

수문장 매바위봉 새 온정리 축성 하나

종류도 가지가지 너나 없는 아픈 세상

말꼬리 기웃거리는 땅 가시 박힌 하늘이다.

한하계 입구

걸어 나온 바위산에 구름처럼 연한 바위들

별빛에 드리운 가지가 능선처럼 굵어질 때

밤마다 실려 온 바람이 춤을 추는 한하계

백여섯 굽이돌아 앙탈하는 문명 앞에

상실뿐인 붉은 줄기에 수령이 이백년

날개편 미인송 행렬 넘어지고 고이고.

관음연봉

노을이 한껏 깔리니 중천에 닿을 듯

큰 산 능선들이 겹겹이 험준한데

관음상 바위 골짜기가 절정인 듯 내렸네

산곰 한 마리가 넘어가던 높은 고개

단숨에 삼켜 버린 물결 속 사람들

멧부리 벗은 알몸이 연극처럼 닮았네.

문주담 물빛

그림자 길게 서니 저녁산 같은 계절이 오고

하늘을 올려다보고 뒷모습은 돌아 나와

옥류담 어둠에 잠겨 골짝마다 길 가는 물

사슴을 구해 주고 물빛 가람 우려내어

하늘에나 빛났을까 발끝 아래 문주담

상팔담 쟁깃날 박아 새소리도 움이 돋네.

육화폭포

우주가 봉래라던 양사언 육화암은

건너편 상관음보 바위벽에 걸려 있네

관음이 일백미터 거리 눈썹처럼 가깝다

육화암 육화폭포 비 끝에 내린 미소

철따라 나타나는 저 물빛 걸어 나와

흰 달빛 흩날리는 꽃잎이 눈바위에 쌓였네.

만상정 부근

세지봉 산나리꽃 늙은 햇살이 입적하고

유독 하얀 경관이 떠내려올 조짐이라

만상천 한물진 허리가 관문 밖에 시원하다

떨리는 굽이굽이 저승 눈물을 심어 두고

가슴 가만 얹어 놓고 달무리도 깊었는데

제 모습 살며시 얹어 재치기로 만나다.

만물상 초입

하늘에 연꽃을 바치고
삼선암을 세웠더니

나란한 세 봉우리
바람에도 기웃거려

꽃상여 밀화부리새 한 마리
선녀처럼 날았네.

삼선암을 보며

예리한 창을 세워
호랑이를 기르고

자루같이 뭉툭한 산
석파에게 보냈더니

바위가 꽃술잔 되어
인간 세상을 받쳤다네.

귀면암에 올라

내 사랑 허수아비 새 쫓는 바람이다

싸질러 논 모닥불이 하늘마저 태울 무렵

귀면암 오르던 해가 식은 듯이 추웠다

벼랑 위에 외따로 삭망을 앓는 바위

신선이 입을 내밀어 불어 대는 나팔소리가

살냄새 뭉클한 지상을 염주알로 구르네.

안심대 층층

바위란 바위는 모두가 병풍을 두르고
눈 감으면 부처 되고 날개 펴면 바람 되어
도솔천 기막힌 인연을 전생인 듯 오르네

깊고 푸른 눈매에다 활엽수는 무성한데
둘러선 흰 봉우리 천년이 추녀 끝이라
층층이 젖판을 물리고 달무리를 둘렀네

경쾌한 봉우리와 비 구름이 무리짓고
벼랑 따라 마구 지던 참 화사한 꽃잎도
떠도는 은하수 받아 별빛인 듯 쌓였어.

만물상

— 정성대

천지개벽은 방울방울이
맑아지는 눈물이다

산마루의 산줄기가
갈피갈피 물이 들고

촘촘한 해거름의 땅거미
감꽃 몇 개 말랐네.

만물상
— 빈집

산모롱이 돌아 언제쯤 살다 갔는지

우두커니 비어 있는 어스름 속 집 한 채

썰렁한 처마 그 아래 소식 없이 꽃이 핀다

부서진 들창 너머 예전처럼 달은 뜨나

지아비 소변통이 지난 날의 아픔인데

차라리 검게 탄 고요 어둠 되어 묻히다.

만물상
― 조팝나무

조팝나무 마른 가지 동쪽에서 손짓하고

지상의 한 칸 방을 남으로 열었더니

앓던 봄 떠돌던 가슴이 떡범벅으로 피었다

햇살에 무성한 잎 깃털 뒤에 불을 켜고

여전히 하얀 세상이 평화 위에 남아서

아버지 근엄한 그림자 풀섶 위에 말리다.

만물상
— 여우비

후드득 비를 맞는가 시간 속에 남은 여자

둔해진 감각들이 깜짝깜짝 살 섞는 중

바람이 꿈틀거리며 하늘에다 길을 냈다

커지던 얼굴 속에 떡잎 구름 피어나고

골짜기 개울물이 순탄하게 내려올 때

남루가 잔가지에 걸려 헤지도록 펄럭인다.

금강산 사람들

그 어디 묻어 두었던 천만 가지 풍경인가

별무리 표정이 익어 둥지 틀고 사는 사람들

풍토의 어둠 너머에 눈물 깊은 세월이야

풍경이 풍경을 포개어서 첩첩산중이 되고

산 아래 또 어울린 산 사람보다 산이 많다

그쯤에 물이 물을 따라 호수 하나 안고 가네.

금강산 세월

은 같고 옥 같고 혹은 눈 같은 물빛
계절 따라 날씨 따라 구름의 방향에 따라
잎새들 빛깔과 표정에 뜨고 지는 해와 달

별빛 달빛 함량에 마음의 형상이 걸리고
험상궂게 부드럽게 더러는 희고도 검게도
하나가 되어 버린 사람 그대가 그 풍경

이제는 눈 감지 않아도 예감은 숲이 되고
맨머리 맨발로 세월을 건너는 곳
아픔이 빛나는 하늘은 풀잎 위에 이슬이네.

2

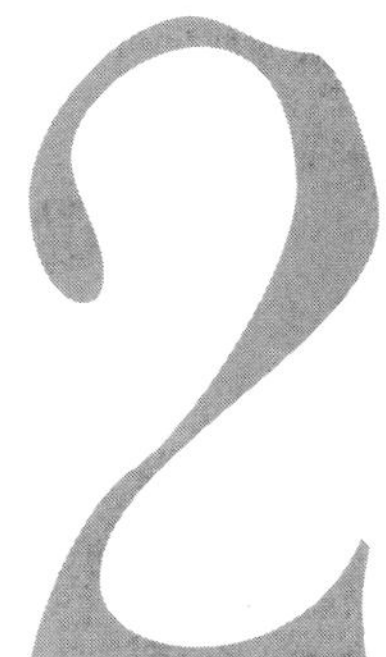

구룡연 앞에서

숲과 나무

메아리가 그늘에 숨어
줄기 붉은 미인송

초록 단색 비안개에
바람도 숨죽였네

신계사 한하계 입구에
낮게 깔린 물소리.

마의 태자 운(韻)

지금 꿈길에서
왕자 하나 돌아왔다

삼베옷에 절벽 앞
초식으로 연명하며

몰락한 왕국의 한을
미로처럼 헤맨다.

신계동 바위

눈물은 진주를 만들어
세상 가득 담았는데

장터 솔밭 바위 하나
핏줄 위에 눕는 듯이

하늘엔 키 높은 구름
꽃이 피어 날았네.

신계사 표정

물소리 깊어진 계곡
송골매가 둥지 틀어

아침해 고샅길에
무우전을 꿈꾸던 걸

그대는 동해 머얼리
머리 몇 번 흔들다.

침묵은 신계사 쪽으로

빠졌다 가문비나무 침묵에 숨죽였다

물 속에 내가 빠져 벗어 놓은 흰 고무신

산 위에 등작을 보이며 놀라 깨는 풍경 소리

늑골 밑이 조각된 꽃무늬 문살 사이

내 다시 수몰된 샘이 산처럼 높아졌다

신계사 어깨를 치고 솔바람에 정신 든다.

옥류동에서

세존봉은 동남으로 사지를 뻗대 있고

물보라에 천화대야 수심처럼 깊던 것을

물 속에 물뱀이 가듯 수궁 찾는 파문일 뿐

해맑게 내려앉은 바위는 재조명되고

산그늘 멀리 눕히고 메아리가 돌아오면

그 위로 흐르는 구름 바람 되어 설렌다.

구룡연 풍경

굽 낮은 계단에 물줄기를 오르는 눈빛

길 찾는 나그네가 길을 잃고 서 있는데

나무도 제 음성 찾는지 몸을 굽혀 듣는다

자상이 다르기는 저마다 제각각이라

바윗등에 다가가서 우리 생을 노래한들

저 봉황 날개에 올라 희로애락 띄운다.

상팔담의 꿈

지나간 시간은
물 속에 가라앉히고

사랑은 모든 기억도
손목 한번 잡는 셈 치니

팔선녀 꽃잎을 띄워
등불 켜는 중일세.

아홉 소골 비로봉

아홉 소골 비로봉 길목이 가득하다

문 위에 비사바위 켜켜이 쌓아 두고

멀리서 어둠에 묶인 동해 바다 들어온다

비사문 찾아가는 용마석을 비켜 서서

마의태자 남루를 밤하늘에 걸쳤더니

장쾌한 저들 시간이 가슴 펴고 웃는다.

멧부리와 계곡이 금강이다

외금강은 침묵 속에 불씨를 묻었고

내금강은 입술로 영혼을 노래한다

금강산 천변만화가 침묵이고 입술이다

외금강이 잔등을 보이면 내금강은 휴식이다

멧부리가 제 몸 비추는 계곡의 깊은 속내

장구한 세월이 젖었어 신비경을 건져라.

머언 금강

뜬구름 털어 버리고 가슴 밖에 인간사 묻네

높은 산 먼 머리가 공허 가꿔 빛 짜느니

이 모순 온갖 구석구석으로 절대 들어 타이르네

다독인 자리에는 바람 안겨 깜박깜박

업장(業障) 낙화하여 재가 된 소멸 지경

반죽된 영혼의 경영은 금강같이만 솟아라.

금강행

사람은 무시로
바라보는 버릇이 있다

펼치면 멀어지는
지상의 은빛 날개가

이 두 눈 닫을 때까지
날아올라 퍼득여라.

금강 인연설

하늘보다 바다보다 더 깊은 호수가 있다

황천보다 절망보다 아찔한 현기가 있다

소나기 몰려가던 날 우산 아래서 맞는 아침

축제가 무르익어 축등이 절정이다

손 잡으면 물이 되는 가슴 아픈 우리 안부

해후를 하늘에 올리랴 바다 하나 보고 있다.

구룡연 앞에서

움츠린 천년 아, 아 천년이 일어선다

무소유를 물로 세워 신록은 길이 되고

손가락 무심한 시간이 신의 불을 내걸다

기도는 아스라이 불꽃 위에 타오르고

산천이 화장을 하니 배경이 물러섰어

인간의 하얀 세월만 풀잎 접기에 들었네.

구룡연 꽃대

낯선 저녁이 독수공방을 꽃대에 올린다

불 켜는 이 지상은 꽃대 가득 사연이 타고

바람의 한 사발 울음이 기다림을 심었네

나뭇잎 외딴 방 때늦은 겨울비에

등 기대고 바라보면 하마 내린 어둠

나 또한 꽃대로 솟아 바람문을 흔들지.

꿈틀한 금강

금강의 목소리가 꿈틀꿈틀 몸 세우다

침묵의 평판석(平板石)에 이 봉 저 봉이 융기 돌아

가슴이 저마다 엎드려 물소리도 낮아졌어

무성한 꿈을 꾸면 계곡물이 뒤따르고

산천이 말하기에 하늘이 투명해졌나

산봉들 내 중심에 돋아 행복한 계절이야.

금강 비천(飛天)

어젯밤 내 꿈속에
굽 높은 발자국을 찍어

방 같은 아픔에 들어가
끝끝내 잠들고 말았네

한 자락 현금의 갈증이
금강 되어 날으신가.

솔밭길

가장 단순한 솔밭길에
따뜻한 별들이 내린다

좌선하는 나무들과
자꾸만 눈길을 건네며

무지개
찬란한 말씀이
휘어져 오르는 길.

3

비로봉

유점사 나팔꽃

한가위 다 될 무렵
중키 사철나무에

파종한 것도 아닌
나팔꽃이 덮여 있다

연분홍 담담한 꽃잎들
낯선 삶에 붙어서.

삼불암에서

울소 옆 가로놓인
신통한 세 부처

산기슭에 옮긴 도를
묵언 중에 닦는 건가

찬 바람 벼랑을 깎아
통곡인 듯 산이 솟고.

비로봉의 시

낯선 것이 비로봉
신선이 학을 탄다

동해 바다 발치에 걸린
구름 떠난 신령한 빛

청산을 마주하고도
나는 되레 뜨겁다네.

정양사 혈성루

혈성루 사방을
구름 타고 올라앉아

기이한 멧부리들
차례로 둘러보니

가득한 토굴 속의 계절
죽은 듯이 숨었네.

산

무슨 이름 지을 산 꼬옥 아니라도

가슴팍 타고 오르는 아슬한 나의 마음

그리움 끝나는 곳엔 지는 해가 뉘엿하다

미망의 숲 속으로 어깨 올린 산봉이

무슨 몸부림 아니라도 꼬옥 나타낸 뜻

언제나 바다에 떠서 섬이 되어 앉을까.

여름 산숲에

여름 산숲에 산새가 난다

초록의 생각 속에 나도 따라 난다

아무도 달랠 수 없는 일 노래만은 해맑아

가라앉은 이 노래로 허전함을 덮을까

뜻 있는 귀는 알리라 이 노래 낙차 사이를

찾아도 나는 없음에 조물주가 밀린다.

금강 소년

텅겨 올린 공 하나
아직 떠다닐 시간

분홍빛 구름은
혼백처럼 걸려 있어

아직도 소년이 남아
나부끼는 깃발이야.

금강의 길

금강은 길 없는 길 발을 바싹 집어넣고

나는 절을 지킬테니 떠나라 시늉하니

진종일 도마질 소리가 침묵을 누설하고

오도 가도 못하고 궁상맞게 결가부좌

썰물 때만 몸을 묻고 사라지는 자라처럼

삶이란 고약한 트림이야 그 때쯤 넘어가고.

겨울 폭포

신앙하지 못한 금강이 놀라운 통곡인데

깨어진 거울 반쪽이 마음마저 빼앗겨

어쩌면 일월을 띄워 추락한다는 사실

내 희망의 고드름이 거꾸로 키 크던 날

도취도 미련도 없이 끈을 놓는 통에

여전히 생의 안쪽에 다투듯이 피는 꽃.

금강의 절반

절반은 흙이 되어 사람을 보듬다

살고 싶어 날고 싶어 움막 깊이 살고 싶어

눈 비빈 사랑의 샘물에 붉게 타는 저녁놀

나의 목숨 안에 우러른 한 개의 별빛

멀리도 왔다마는 신명나게 떠돌아라

하많은 혁명을 지나 바람처럼 다가오라.

빈 산

빈 산 위에 복사된 나
나무를 껴안았다

침묵을 되풀이하며
겨울 하늘 달리던들

주위엔 물소리가 깊구나
잎 푸른 메아리들.

침묵

햇살이 손짓하니
안개가 달아나고

안개 속 살덩이가
이슬방울을 오르네

세상은 덧 없는 몸부림
다만 외로울 뿐.

꿈속에서

그녀는 내 가슴에
구차한 색칠을 한다

묵은 색깔 쓸어내고
겹겹이 펄럭인다

치밀한
영혼의 굶주림
하늘 위에 세운다.

해금강 소금

해돋이 정사중

해돋이를 보려고 물결처럼 출렁거렸다

절정에서 속삭이는 풀숲들이 누울 때

아직도 토막난 바다가 해돋이로 가는 중

금양판 같은 아기 시간 앞에 벙글벙글

황금색 알 몸짓들이 비명처럼 굴러서

저 하얀 갈증을 벗기러 투신하고 싶었다.

삼일포 길

육신 사이로 한 줄기
푸른 물이 일어섰다

봉우리 맑은 몸짓들
곳곳마다 기묘하다

매향비 잠든 세월이
굽 높은 고독이라.

무녀도(巫女圖)

새겨지는 전설처럼 내 이름을 찍는다

촉루처럼 흘린 몽정 계곡에 던져 두고

아낙들 어깨 가까이 환생하여 춤추다

훠어이 훠어이 날 선 작두 밟고 서다

죽었다가 살았다가 신을 부르는 고요

고달픈 노래에 눌려 몸을 닦는 삼도천(三途川).

금강섬

누군가 흔들리며 하늘 보고 자랐는지

얼마나 오랜 세월이 창문을 가렸는지

세상이 비에 젖어서 섬이 되어 앉았네

만지면 미끌리고 터지면 흘리는 것

그림자 곁에 다가와 몸을 쉬는 바람개비

잠든 섬 한아름 안아 집채만큼 커졌네.

해금강이 날리는 연

겨울도 다 사월쯤 해금강은 푸르다

떨리는 손끝으로 문 두드리는 바람

외마디 길고 긴 이름이 불꽃처럼 타오르다

덧없이 굳어진 산 외로움에 벌거벗고

흰 이마 짚어 본 손들이 연처럼 날아올라

하늘이 드높다 알리니 낯선 자의 떠오름!

해금강 생각
— 작은 산과 큰 산

큰 나무 작은 나무 큰 산 작은 산이

손끝에 구름을 달고 빈 산처럼 숨죽인다

부딪힌 현종암 천년 기왓장만 반짝인다

꽃잎 하나 벙글고 비어 가는 내 영혼

문자(文字) 없는 깨달음이 무욕 속에 태어나니

사람만 가득한 세상 하늘 가득 별이 된다.

총석정 만월

한 알의 씨로 익어
과일로 남고 싶다

봄꽃은 꽃잎이 되고
운명은 깎이는 돌부리

품안에 고운 저 주검
바다 같은 몽정이다.

금강 개화(開花)

봄이 다가오면
꽃샘이 목마르다

자꾸 벌린 주둥이
네 휘파람 날리면

참, 고것 희한하게도
아우성이 벙근다.

총석정 삼인(三人)

길을 가서 도중에 세 사람이 앉아 있다

한 사람은 주름보 한 사람은 키다리

바다를 등진 사람은 영락없는 땅딸보

바다 노을이 세 사람을 세웠다

한 사람은 꽃의 길 다른 사람은 보름달

맨 나중 다가온 사람이 양손 잡고 뭉쳤다.

뒷짐진 금강

새는 날지 않는데 산봉우리가 태연하다

해를 먹고 바람나서 올라앉은 봉분들이

매어 둔 고삐를 풀고 금빛 깃을 떨친다

외로움 속 기다림에 이승 등진 바위들

해와 바람 착한 인간 산 넘고 물을 건너

다시는 꿈꿀 수 없는지 뒷짐지고 날아가지.

해금강 소금

빗방울이 어지러워 비워 버린 가슴 한복판

저 먼 바다를 채워 촛불을 바치노니

덩달아 바람의 영혼이 하늘 닿게 춤춘다

진공은 무수한 소거(消去) 침묵에 취한 바위들

적막이 불을 켰는지 성에꽃이 만발하고

제 형상 키우던 본능이 소금 되어 남았다.

섬과 섬 사이

입구에 들어서면 쉬고 있는 하얀 물결

기다릴 줄 아는 사람 갯내음을 보태는지

벗겨낸 물때까치 소리 파도 사이를 건너다

바다가 인간을 건너 무성해진 나무와 숲

물길을 열어 주는 새들을 날리면서

물보라 그 밀생을 찾아 갈피갈피 숨는다.

적벽강에서

슬픔은 슬픔끼리 친화하여 여울이 되고

기쁨은 기쁨끼리 출렁이며 휴식한다

적벽강 타는 울음이 사람 세상 적신다

겨울과 봄 사이 방황하는 바다의 기슭

놓쳐 버린 영혼은 멀어 율리시스가 되고

노래의 입술을 빌어 파도들이 몰리네.

작품 해설

지리적 서정시, 그 장쾌한 성사(成事)

서 벌(시조시인)

춘천에서 태어난 시인 정정용(鄭貞溶)은 춘천교육대학교의 대학원까지 그 곳에서 밟았을 뿐 아니라 그가 지키는 교직의 자리 역시 그 곳이므로, 명실상부한 춘천인이다.

그의 아호 또한 '봄내(春川)'이고 보면, 그가 춘천을 얼마나 애지중지하는지 족히 알 만하다.

그는 제1시조집인 『내 마음의 무릉도원』의 맨 앞쪽과 그 다음쪽에 「봄내 이미지」 1과 2를 자리 놓아 그의 지극한 춘천 사랑을 갈음한다.

창 너머
찾아온 산색
반눈 뜨고
바라본다
수채화 감상하듯
꽃물 들이는 봄내 바람

입맞출
푸른 산맥이
불야성을 이루네

—「봄내 이미지 1」 전문

문 닫고
불을 끄니
산맥 하나
누웠네

정녕코 달 밝은 것이
이같이 어우러져

청산이
내 곁에 와서
한세월을 넘나든다

—「봄내 이미지 2」 전문

　인용한 두 편 모두 1수씩으로 된 단형시조다. 춘천에 관한 시인의 관심도와 애지중지가 어떤 정도인지 직감케 한다. 자연과 자아가 둘이 되어 하나로 융합한 심상이고, 그 가락이어서, 신선한 정중동(靜中動)의 경관성(景觀性)이 크게 느껴진다. 동원된 언어는 경제적으로 요약되어 함축미를 더욱 자아낸다. 『내 마음의 무릉도원』에 수록된 작품 모두는 거의 그 같음의 단수 묶음이다. 그러한 정중동의 경관성은

「봄내 이미지」를 구심점으로 하여 동심원으로 번지면서 지리적 서정시의 세계를 이루고 있다. 그 결과 강원도의 시적 비밀이 많이 드러나 다름 아닌 자아와 지리가 일치되어 단란하다. 일견 정지용, 김유정, 허균, 황진이 같은 인물이 대상화로 선택될 때에도 자연 혹은 우주론적 체취가 유정히 우러나 살갑다. 이 시조집에 함께한 연형시조 몇에서도 요축된 유장성과 아득함이 김처럼 서려 있다.

그것은 다른 곳에서 온 것이 아니다. 춘천을 비롯하여 강원도 일대가 베푼 은연성, 그것을 따른 때문이다. 베트남의 교통수단(손수레)인 「시클로」와 그 곳 「붕타우 해변」 또는 아메리카 대륙이 자랑하는 「나이아가라폭포」와 「라스베가스에서」와 「아, 그랜드캐년」이었을 경우에도 강원도가 준 눈의 힘은 변함없이 작용되어 있다. 그러한 밑천으로 대변되는 하나가 『내 마음의 무릉도원』이다.

풍경이
풍경을 포개어서
첩첩산중이 되고

산 아래 또 어울린 산
사람보다 산이 많다

그쯤에
물이 물을 따라
호수 하나

안고 가네

　읽어서 곧바로 동화(同化)되어 버리는 작품, 설명이랍시고 덧대면 오히려 적잖이 번거로운 작품, 일지(一枝)의 매(梅)와 같은 작묘용출(作妙用出)의 싹수를 처음부터 지녔던 것임을 보여준 작품이『내 마음의 무릉도원』이다. 툭툭 한마디씩 예사로 놓아낸 듯 하지만 별난 무엇으로 움직여지는 천연덕스러움이어서 타고난 노래꾼의 소리 아닌가.

　그는 그러한 작업의 의의를 쉴새없이 거듭하여『그대 위한 설악('99 강원 국제관광엑스포 기념시집)』과『우리 동강 가는 노래』와『처용 아내의 허벅지에 바다가 찾아왔다』의 묶음들을 속속 쏟아냈다. 그런가 하면, 이번에는『만물상 바람개비』묶음이다.

　등단 이후 10년 사이의 그것임을 유의해 볼 때 어지간히 끈질긴 일념의 대장정이다.

　주로 강원 일대를 이처럼 속속들이 파고들어 섭렵한 시인이 이 시인 이전에 있었던가. 개척의 진수, 그 의미가 바로 이런 도상의 과정 중에 있다. 그래서 놀랍고, 그래서 얄밉기까지 하다.

　분단 저쪽, 막혔던 금강산 길이 트여 시인 정정용은 얼마 전 거기까지 다녀온 것 같다. 그 소득으로 묶은 것이『만물상 바람개비』다. 언제 끝을 낼지 모를 그의 대장정이지만, 한 단원 불쑥 또 솟아오른 경우다. 이 큰 하나의 단락은 시

인 자신이 분류한 대로

　제1부는 금강의 외금강 만물상을,

　제2부는 금강의 외금강 구룡연을,

　제3부는 금강의 내금강 만폭동을,

　제4부는 금강의 해금강을,

　시조로 언어화(言語畵)한 화폭들이다. 말하자면 시조로 율화(律畵)된 일대 장관이다. 모르긴 모르되 이런 대역사적(大役事的) 금강산 시사(詩寫) 의의를 한동안 보기 어려울 일로 느껴질 정도다.

　묶음 통독을 끝내자마자 양사언(楊士彦)의 호기 찬 시조부터 떠오른다.

　태산이 높다 하되 하늘 아래 뫼이로다

　오르고 또 오르면 못 오를 리 없건마는

　사람이 제 아니 오르고 뫼만 높다 하느니.

　금강산 만폭동의 반석에다 "봉래풍악 문화동천(逢萊楓岳 文化洞天)"이라는 큰 글씨를 남긴 양사언의 아호 자체가 '봉래(逢萊)'요, '해객(海客)'이었듯이, 그는 진정으로 백두대간과 그 앞에 펼쳐진 동해 바다를 호방한 그의 기(氣)의 분위기로 늘 삼으면서 시조의 3장을 자기의 것으로 발양하여 앞서와 같은 6구 12음보를 조율했으리라. 오늘이 시인 정정용이 그 맥에 잇닿아 여느롭지 않다.

　사람은 무시로

바라보는 버릇이 있다

펼치면 멀어지는
지상의 은빛 날개가

이 두 눈 닫을 때까지
날아올라 퍼득여라.

—「금강행」 전문

　마음의 바닥에서 박차고 오른 요란한 감흥들이 다스려져 정제된 상태가 이러함이다.
　"펼치면 멀어지는 / 지상의 은빛 날개가" 이 2구는 금강산 향행이 아니고서는 나오기 어려운 비천 심상이고, 그 웅비함은 봉래의 '문화동천'과 같은 뉘앙스 그것이다. "이 두 눈 닫을 때까지 / 날아올라 퍼득여라." 이 두 줄의 마무리 2구는 봉래의 시조 종장인 "사람이 제 아니 오르고 뫼만 높다 하느니"의 기발(氣發)과 결코 다르지 않다.
　그렇다면, 봉래 큰 글씨로 새겨 남긴 '문화동천'을 어찌 보아야 할 것인가. 사회 구성원에 의해 습득되고 전달되는 행동 양식이 문화이다. 그러한 생활 양식의 총체 개념이자 용어가 문화여서, 뭐니뭐니 해도 삶의 질이 요체로 견제되어야 하는 이 인위적인 문화가 어찌하여 동천과 교집합이 되었을까. 동천(洞天)은 말 그대로 산에 둘러싸인 곳이되 경치가 썩 좋은 곳이다. 한마디로 동천은 천연 문화재다. 사람의 능력으로는 이룩할 수 없는 창조물이어서 대우주의 신비

함과 묘험이 유독 그런 데에 깊게 머물거나 서려 감돌게 되어 있다. 따라서 옛사람들은 그러한 천연 문화재를 찾아 '유람'이라 하였고, 오늘날 우리는 '관광'이라 하면서 더욱 몰려들어 즐긴다. 백문이 불여일견(百聞而不如一見)이어서 아마 그러리라. "사람은 무시로 / 바라보는 버릇이 있다"는 하나의 전제도 바로 일견(一見)씩 보아 나간다는 그것이리라.

정 시인의 「금강행」은 그러한 작심을 발동 걸어 "펼치면 멀어지는 / 지상의 은빛 날개"를 설레임의 동력으로 삼고서 그의 「머언 금강」 찾기를 홀연히 감행한다.

> 뜬구름 털어 버리고 가슴 밖에 인간사 묻네
>
> 높은 산 먼 머리가 공허 가꿔 빛 짜느니
>
> 이 모순 온갖 구석구석으로 절대 들어 타이르네
>
> 다독인 자리에는 바람 안겨 깜박깜박
>
> 업장(業障) 낙화하여 재가 된 소멸 지경
>
> 반죽된 영혼의 경영은 금강같이만 솟아라.

—「머언 금강」 전문

2수의 시조이지만 수간(首間)을 못 느끼게 하는, 장(章) 하나씩 독립시켜 별연성(別聯性) 일색으로 펼친 이 형태는 정형 요건을 자유 의지화시켜 놓음이다. 정형의 요건이 속박스러움임을 자득한 나머지 그것을 자유 의지로 조절해 보겠다는 표명성이다.

그만한 형태 취의와 시도에 걸맞게 '뜬구름' 부터 털어서 버린다. '뜬구름'은 '뜬 + 구름'이 아니다. 떠 있는 구름을 그대로 표기한 현행 국어의 문법대로 하면 '뜬 + 구름' 이어야 마땅하지만, 시인의 '뜬구름' 은 그의 세속 일상을 통칭해서 쓴 상징어이다. 그것을 그의 말법으로 잡아 털어버리는, 그 일대 용단의 가슴 안에는 인간의 일상사가 깃들 틈이 없다. 가슴 밖의 일이 되었기 때문이다.

때문에, 그제서야 "높은 산 먼 머리"가 보여지고, 그 머리가 비어 있음을 가꾸는 것도 무슨 빛짜기 하는 일을 드디어 보아낸다. 동시에 작중의 화자는 비어 있음 속의 하나를 찾아낸다. 그것이 "이 모순"이다. 작중 화자가 찾아낸 자신의 모습, 그 이름이 '이 모순' 이다. 그러한 찾아냄, 그 "온갖 구석구석"에 비로소 '절대의 힘이 의연히 들어차 감전되는 '이 모순' 이다. 감전된 힘의 작용은 "타이르네"이고 그것은 "다 독인 자리"로 전이된다. "바람 안겨 깜박깜박" 졸고 말 정도의 자리 의미이고, 앞서 잠시 언급한 정중동(靜中動)의 경관성이 이처럼 달리 취의된 것이리라. 그 또한 "업장(業障) 낙화하여 재가 된 소멸 지경"을 종국적으로 딛는, 그 전험(前驗) 과정에 지나지 않는다.

업장, 그것은 반드시 뿌리를 파내어 없애야 한다는 엄청난 난감함이다. 무섭게 질길 뿐 아니라 무겁기 짝이 없는 짐이면서 피할 도리 없다는 난제라는 것, 소멸만이 그 해답이어서 참으로 용이하지 않다는 것, 분단 한국의 운명도 개체들의 업장이 이리 얽히고 저리 얽혀 그리 되었다는 것이고 보면 난감함만을 낳는 업장이다. 지구를 포함한 행성들이 태양을 둘러 도는 자전에 공전하듯이, 달이라는 위성이 지구를 그처럼 둘러 돌면서 초승, 보름, 그믐을 마냥 일삼아야

하듯이, 창해일속(滄海一粟)으로 비유되는 사람도 생사의
윤회 궤도를 이탈할 수 없다는 것에다 인과와 응보를 영영
벗어나지 못한다는 것은 너무 어처구니없다. "이 모순"이라
는 의인화 기법으로 돋을새김된 작중 화자의 존재 덩어리
속에 그처럼 어처구니없는 전질(全質)이 가득 차 있었다. 그
래서 '이 모순'이었는데,「머언 금강」의 '금강' 인식을 통해
탈질어처(脫質語處)를 장만한다. 업장의 실체를 지는 꽃으
로, 그 낙화가 다시 '재'로 전이되어 소멸되고 마는 것이다.
　그러함의 종당성에 무엇이 와 있는가. 드디어 제대로 된
새로운 면모, 당초에 그랬어야 될 새로운 면모다. 사족이지
만, 면모를 진아(眞我)로 바꿔 써도 무방하리라. 그렇게 하
고서 "반죽된 영혼의 경영은 금강같이만 솟아라"를 실감나
게 율독해 볼 일이다. 새로운 나, 그 진아가 비로소 제대로
반죽된 영혼의 면모여서, 그러한 면모답게 자아 경영을 하
자면 그만한 상(象)부터 갖춰 지녀야 한다. 그러해야 함을
한결 선명케 하기 위해 "금강같이만 솟아라"고 한다. 시니피
앙과 시니피에, 그 사이에 놓이는 시니피카시옹, 그 효력 소
리로 전달되는 마무름이다.「머언 금강」이지만, '금강'의 전
모 의미는 시니피카시옹의 효력 소리로 미리 와 있는 것이
다. 정정용의 타고난 노래꾼 기질이 그렇게 나타내도록 한
것이다.
　강원도 일대를 무엇보다도 애지중지하는 춘천 시인 정정
용의 지리적 서정시들을 따라가면서 탄복하게 되는 절조(絶
調)는「만물상 바람개비」4수다. 시조집 표제이면서 시제인
'만물상 바람개비'는 금강산의 물형 전체는 물론 거기에 연

유되어 펼쳐진 삼라만상의 현묘함까지 접어서 도는 역동성, 그 이름이다. 스승인 이장바르로부터 눈뜨는 법의 분위기를 섭취하게 된 17세의 소년 랭보가 여러 여느러운 것 다 접어 돌리는 '견자(見者, voyant)'의 득의 만만, 적어도 그만한 소출로 확명되어 금치 못할 놀라움으로 느닷없다.

느닷없기로 말하자면 노자(老子)의 경우 같은 요안력(要眼力)이 또 있을까. 『노자』 제4장 결말 부분을 보면 아닌게아니라이다. "나는 도(道)라는 것을 누가 낳은 자식인지 알지 못한다. 그 상(象)은 하늘과 땅을 주재하는 상제(上帝)보다 먼저 있었다〔吾不知誰之子 象帝之先〕." 이렇게 되어 있는 대목으로도 도대체 그러하다. 절견(絶見)의 차제여서 그렇다.

누가 낳은 자식인지 알 수 없다는 도(道), 그 도의 모습인 상(象), 이는 등호(=)로 성립된 양면 관계다. 상(象)을 상사야(象似也)로 풀되 '같다' 라는 뜻이기 때문에 상이 곧 도의 모습으로 '등식' 이 성립되는 것이다.

그런가 하면, 만물상의 상(相)은 노자가 말한 상(象)과 동의(同意)이므로, 이를 염두에 두면 「만물상 바람개비」 접근에 보다 용이할 것 같다. 무슨 말이냐 하면, 『노자』의 제4장 종반부는 '도' 의 모습을 '상' 이라는 이름으로 찾아내고, 정정용은 금강산 만물상의 '상' 에서 '바람개비' 라는 시적 상상력의 이름을 찾아내어 놀라움과 느닷없음을 안겨 놓기로는 별반 다를 바 없다는 얘기다. 그러나 시인의 이것이 어디까지나 시조의 일이므로 도저한 노자의 차원에서 그렇다는 것은 아니다.

자유 그 줄기를 따라 섶 짓는 내 목숨

불 밝혀 망루를 세워 설레임을 감았네

숨죽인 눈물의 달팽이 산천초목에 오르네

하늘 보고 눈을 뜨면 굽 높인 바람소리

층층이 피어오르던 햇살 비켜 출렁이고

강물이 산마루 넘어와 바람개비를 돌린다

손바닥 덮어 누른 만 리 밖 그대 산문(山門)

꽃물 든 무한천공이 갈망처럼 익어서

허물린 세월의 노래 개벽할 듯 새싹 내네

뜨겁고 차가운 것 하늘을 다시 날고

만월이 은은히도 축등인 양 켜질 때

과묵한 바람개비에 물소리가 득도했어.

— 「만물상 바람개비」 전문

    12장으로 된 4수에 딱 두 번 나오는 '바람개비'다. 하나는 강물이 산마루를 넘어와 돌리는 바람개비이고, 다른 하나는 물소리를 득도시킨 과묵한 바람개비다. 이 두 바람개비 중에 전자는 수동적이고, 후자는 능동적인 손에 쥐어져 있다. 방편의 손이므로, 만물상을 바람개비로 접어서 돌리는 손이다. 수동적이든 능동적이든 역동성을 쥔 손이므로 그 손의 임자는 뭔가를 말하지 않으면 안 되는, 이를테면 원대한 사무침의 화신이다. "자유 그 줄기를 따라 섶 짓는 내 목숨"으

93

로부터 암시받을 수 있듯이, 손의 임자는 사무침의 화신인 작중의 화자다.

얼마나 사무쳤길래 "불 밝혀 망루를 세워"야 하는 상상력의 동원을 바람개비로 돌리는 것일까. '설레임'은 기대치를 앞세운 움직임이다. 그러한 움직임(감았네) 속에 "숨죽인 눈물의 달팽이 산천초목에 오르네"가 무성영화의 장면처럼 언술(言述, discourse)의 화상을 띄운다. 그것이 무엇일까.

1945년 8월 15일에 오버랩 된 한국 분단 현실, 그것의 중층적(重層的) 상황 구조다. 자유 의미를 쥐고 간 손이 원대한 사무침의 필름을 돌려 그렇게 된다. 이 경우, 손은 일단 영사기다. 여기로부터 거듭되는 중층적 상황 구조는 "하늘 보고 눈을 뜨면 굽 높인 바람소리"로 나오고, 그러한 바람소리가 변용의 묘를 더하여 "층층이 피어오르던 햇살 비켜 출렁이고"와 같이 된다. 변용의 묘는 더해져 이번에는 영사기가 바람개비로 둔갑한다. 변용의 묘, 그 둔갑술은 "강물이 산마루 넘어와 바람개비를 돌린다"는 역동성인데 여기까지는 그래도 수동적인 편이다.

능동으로서의 역동성은 "손바닥 덮어 누른 만 리 밖 그대 산문(山門)"이라는 손차양의 의미로부터 빚어지게 된다. 그 언술이 어느 정도이냐 하면 "꽃물 든 무한천공이 갈망처럼 익어서 / 허물린 세월의 노래 개벽할 듯 새싹 내네" 이쯤이다. 원대한 사무침이 개벽 의미를 물러 그 싹을 내게 하는 지극함의 동력이고, 그러한 능동으로서의 역동성 아닌가. 그래서 "뜨겁고 차가운 것 하늘을 다시 날고 / 만월이 은은히도 축등인 양" 켜진다. 환희의 절정이다. 그 절정감이 기절초풍할 마무름 내어 휘갑치는데, "과묵한 바람개비에 물소리가 득도했어"이다. "과묵한 바람개비"란 더 돌 필요가 없는 작중 화자의 형상이다. '물소리'를 '득도'케 한 '과묵한 바람개비 아닌가. 역동성의 극치감, 여기에 더할 언술이 또 있을까.

분단 한국의 통한 서린 염원이 이렇듯 쾌작 시조를 낳았다. 그것은 순전히 시인 정정용의 강원도 섭렵이라는 대장정이 거둔 의의여서 시조문학사가 응당 기억해야 마땅할 것이다. 기록으로 남기는 한갓 기행 족적이 아니라 승화된 감성의 경관이 이성적 처리를 충분히 거친, 그만한 장쾌함이라는 데서 우선 그러하다. 그러함을 일일이 속박 형식인 시조 율격으로 절치부심하여 성사시킨 일이어서 더욱 그러하다. 그리고 이 일대 성사로 한국문학사가 점유해야 하는 현대인의 지리적 서정시의 지평이 새롭게 열린다는 점에서 더더욱 그러하다.

예컨대, 위대한 극작가 셰익스피어가 그의 문학 본령을 소네트로 삼았다는 것과 라이너 마리아 릴케가 그의 대작 『오르페우스에게 부치는 소네트』를 남겼다는 사실을 우리는 이제 그 점을 명심할 필요 있다. 그런 면에서, 이 글을 쓰는 사람은 관찰, 유의할 것이다. 특히 정정용의 지리적 서정시를 따라잡는다고 애써보긴 했으나 코끼리의 한 부분만을 건드리고 만 셈이다. 하더라도, 이 땅에 이런 코끼리도 있구나 싶어 그 의미, 거상(巨象)을 생각하게 된다. 그 의미의 상을 발견하여 저으기 만면(滿面)해지는 느낌이다. 『만물상 바람개비』여, 더욱 보여 주어 다 확명되기를.

만물상 바람개비

지은이 | 정정용
펴낸이 | 유재영
펴낸곳 | 동학사

1판 1쇄 · 2005년 3월 1일
출판등록 · 1987년 11월 27일 제10-149

주소 · 121-884 서울 마포구 합정동 359-19
전화 · 324-6130, 324-6131 | 팩스 · 324-6135
E-메일 | dhak1@paran.com
dhsbook@hanmail.net
홈페이지 | www.donghaksa.co.kr

ⓒ 정정용, 2005

ISBN 89-7190-159-4 03810
* 저자와의 협의에 의해 인지를 생략합니다.
* 잘못된 책은 바꾸어 드립니다.

* 이 시집은 한국문화예술진흥원의 문예진흥기금을
지원받아 제작하였습니다